Briefe vom Weihnachtsmann

Klett-Cotta
Die Originalausgabe erschien 1976 unter dem Titel: „Father Christmas Letters“

Deutsch von Anja Hegemann

Für diese von Baillie Tolkien herausgegebene Auswahl, erschienen im Verlag HarperCollins (Publishers) London

J. R. R. Tolkien

1

Briefe vom Weihnachtsmann

Klett-Cotta

Briefe vom Weihnachtsmann

Jedes Jahr erhielten die Kinder Tolkiens einen Brief vom Weihnachtsmann. Darin beschrieb er die lustigen und schlimmen Dinge, die sich am Nordpol während der jährlichen Reisevorbereitungen ereigneten. Die meisten davon verursachte der Nordpolarbär, der engste Mitarbeiter des Weihnachtsmannes, dessen vorwitzige und ausgelassene Streiche für viele der Mißgeschicke verantwortlich waren.

Später nahm sich der Weihnachtsmann einen Sekretär, einen Elf namens Ilbereth, der das Briefeschreiben besorgte, wenn der

Weihnachtsmann selbst zu beschäftigt war.

Diese drei Büchlein enthalten nur eine kleine Auswahl der Briefe, die Tolkien zwanzig Jahre lang für seine vier Kinder schrieb, während sie heranwuchsen. Manchmal fand man die schneebestäubten Umschläge, die Freimarken der Nordpolpost trugen, im Haus; manchmal brachte sie auch der Postbote; und Briefe, die die Kinder selbst an ihn schrieben, verschwanden einfach vom Kamin, wenn gerade niemand im Zimmer war. Zwischen 1920 und 1939 verging kein Jahr ohne einen Brief.

Christmas House
North Pole

1920

Love to daddy, mummy, michael & auntie & mary

Dear John,

I heard you ask daddy what I was like & where I lived. I have drawn ME & My House for you. Take care of the picture. I am just off now for Oxford with my bundle of toys — some for you. Hope I shall arrive in time: the snow is very thick at the NORTH POLE tonight: Yr loving Fr. Chr.

1920

FROM FATHER CHRISTMAS
ME
FC
MY HOUSE
FC

Weihnachtshaus
Nordpol, 1920

Alles Liebe für Daddy, Mami,
Michael und Tante Mary

Lieber John,
ich habe gehört, daß Du Dich bei Deinem Daddy erkundigt hast, wie ich denn aussehe und wo ich wohne. Also habe ich für Dich Mein Haus & MICH gemalt. Paß gut auf das Bild auf. Bin gerade auf dem Sprung nach Oxford mit einem ganzen Sack voll Spielzeug – auch für Dich ist was dabei. Hoffentlich schaffe ich es rechtzeitig. Heute abend liegt tiefer Schnee am Nordpol.

Dein lieb. W.mann

1925

Ich habe in diesem Jahr schrecklich viel zu tun – wenn ich daran denke, zittert mir die Hand noch ärger als sonst –, und sehr reich bin ich diesmal auch nicht. Es haben sich nämlich schlimme Dinge ereignet, und von den Gaben sind einige ganz verdorben, und ich habe den Nordpolarbären nicht dazu gekriegt, daß er mir half, und genau vor Weihnachten habe ich auch noch umziehen müssen. Ihr könnt Euch also vorstellen, wie es hier aussieht, und nun wißt Ihr auch, warum ich eine neue Adresse habe. Das alles kam so: An einem sehr windigen Tag im November wurde mir meine Zipfelmütze vom Kopf geblasen; sie flog davon und blieb an der Spitze des Nordpols hängen. Der Nordpolarbär kletterte, obwohl ich ihm sagte, er solle es bleibenlassen, bis zu der dünnen Spitze hinauf, um die Mütze zu holen – und das hat er auch geschafft. Aber der Nordpolturm ist mitten entzweigebrochen und auf das Dach meines Hauses gefallen, und durch das Loch, das er gemacht hat, fiel der Nordpolarbär ins Eßzimmer, mit meiner Zipfelmütze auf der Nase, und der ganze

Schnee fiel vom Dach ins Haus herein und ist geschmolzen und hat sämtliche Feuer ausgelöscht und lief auch in den Keller hinunter, wo ich die Gaben für dieses Jahr zusammengelegt hatte, und der Nordpolarbär hat sich ein Bein gebrochen. Das ist jetzt wieder heil, aber ich habe ihn so ausgeschimpft, daß er sagt, er will mir nie wieder helfen. Ich glaube, er ist ernstlich beleidigt, aber bis zum nächsten Weihnachtsfest gibt sich das wieder. Ich schicke Euch hier ein Bild von dem Unglück und von meinem neuen Haus, das hoch auf den Felsen über dem Nordpol steht (es hat herrliche, tiefe Felsenkeller).

1926

In diesem Jahr bin ich noch zittriger als sonst. Schuld ist der Nordpolarbär! Es war der lauteste Knall, den die Welt je gehört hat, und das riesigste Feuerwerk, das es überhaupt gibt. Der Nordpol ist davon richtig SCHWARZ geworden, und alle Sterne wurden durcheinandergeschüttelt. Der Mond ist in vier Stücke zerbrochen, und der Mann-im-Mond ist in meinen Küchengarten gefallen. Er hat erst mal eine ganze Portion von meiner Weihnachts-Schokolade aufgegessen, bis ihm angeblich nicht mehr schlecht war; dann ist er zurückgeklettert, um den Mond wieder zusammenzusetzen und die Sterne

aufzuräumen. Danach stellte ich fest, daß die Rentiere sich losgemacht hatten. Sie rannten überall in der Gegend herum, rissen Zügel und Seile los und schleuderten die Geschenkpäckchen durch die Luft. Sie waren ja schon zum Aufbruch bepackt, müßt Ihr wissen – jaja, erst heute morgen ist das alles passiert; es war ein ganzer Schlitten voll Schokoladesachen,

die ich immer frühzeitig nach England vorausschicke. Hoffentlich sind Eure Sachen nicht übel zugerichtet. Aber der Nordpolarbär ist doch wirklich ein Dummkopf, finder Ihr nicht? Und es tut ihm kein bißchen leid! Natürlich ist er es gewesen, wer sonst. Erinnert Ihr Euch, daß ich voriges Jahr seinetwegen habe umziehen müssen? Im Keller meines alten

Hauses befindet sich aber noch der Hahn, mit dem man das Morgenrot-Feuerwerk anstellen kann. Der Nordpolarbär wußte genau, daß er ihn nie und nimmer anrühren darf. Ich drehe ihn auch nur an ganz besonderen Festtagen, wie zum Beispiel Weihnachten, auf. Polarbär sagt, er habe gedacht, der Hahn sei außer Betrieb, seit wir umgezogen sind – jedenfalls, heute kurz nach dem Frühstück hat er bei der Ruine herumgeschnüffelt (er hebt sich dort immer heimlich was zu essen auf) und sämtliche Nordlichter für zwei Jahre auf einmal angedreht. Sowas habt Ihr in Euerm ganzen Leben noch nicht gesehen oder gehört. Ich habe versucht, es zu malen, aber es gelingt mir nicht recht, ich bin noch zu aufgeregt; und Lichter, die immerzu sprudeln wie Brause, kann man ja auch nicht gut malen, nicht wahr?

Love from Father Christmas
1926.

1927

Es war so bitterkalt jetzt am Nordpol, daß der Nordpolarbär die meiste Zeit mit Schlafen zugebracht hat, statt sich wie sonst bei den Weihnachtsvorbereitungen nützlich zu machen. Der Nordpolturm ist kälter geworden als alles, was überhaupt in der Welt kalt ist, und als Nordpolarbär mit der Nase dagegenstieß, hat es ihm richtig die Haut abgerissen; deshalb ist auf dem Bild seine Nase mit rotem Flanell verbunden (aber der Verband ist

verrutscht). Wieso hat er das bloß gemacht? Ich weiß es nicht, aber er steckt ja immer seine Nase dorthin, wo sie nicht hingehört – zum Beispiel in meine Schränke.

Es ist auch sehr dunkel hier gewesen, seit es Winter wurde. Die Sonne haben wir natürlich drei Monate lang nicht gesehen, aber diesmal gab es ja auch kein Nordlicht – Ihr erinnert Euch doch noch an das schreckliche Unglück im letzten Jahr? Bis Ende 1928 wird es nun kein Nordlicht mehr geben. Der Nordpolarbär hat seinen

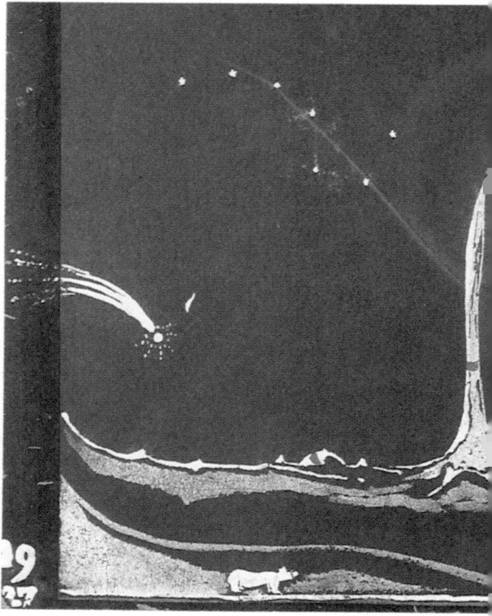
49

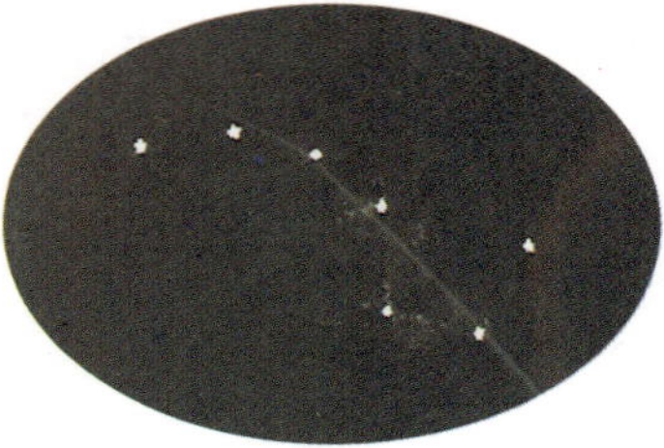

Vetter, den Großen Bären (mit dem er auch ein bißchen befreundet ist), dazu bewegen können, daß er extra hell für uns scheint, und in dieser Woche habe ich mir dazu einen Kometen gemietet, um Licht beim Packen zu haben. Aber so ganz das Richtige ist es nicht – Ihr seht es an meiner Zeichnung. Der Nordpolarbär ist in diesem Jahr auch nicht vernünftiger geworden: gestern hat er den Schneemann im Garten mit Schneebällen bombardiert und ihn über den Rand des Felsens geschubst, so daß er in meinen Schlitten hineinfiel, der unten stand; eine Menge Sachen sind dabei kaputtgegangen – Schneemann selber auch. Was von ihm übrig war, habe ich zum Teil für mein weißes Bild verwendet.

Father Christmas

Printed in Hongkong 1997
ISBN 3-608-93270-4

Briefe vom Weihnachtsmann

Klett-Cotta
Die Originalausgabe erschien 1976 unter dem Titel: „Father Christmas Letters“

Deutsch von Anja Hegemann

J. R. R. Tolkien

2

Briefe vom Weihnachtsmann

Klett-Cotta

"Top o' the World"
North Pole
Thursday December 20th
1928

1928

Was glaubt Ihr wohl, hat der dumme alte Bär diesmal angestellt? Nein, nein, er hat nicht wieder alle Lichter aufgedreht, so schlimm war es nicht. Er ist nur, der Gute, am Donnerstag von oben bis unten die ganze Freitreppe hinuntergefallen. Wir hatten gerade angefangen, die erste Ladung Pakete aus den Lagerräumen in die Halle zu schaffen. Polarbär packte sich, eigensinnig wie immer, einen riesigen Stapel auf den Kopf und lud sich auch noch die Arme voll. Peng, bums und krach! Und dann fürchterliches Geschrei und Geheul. Ich rannte auf den Treppen-

1928 A MERRY CHRISTMAS FROM FATHER CHRISTMAS
1928

absatz hinaus und sah, daß er längelang auf die Nase gefallen war, hinter ihm eine Bahn aus Päckchen, Bündeln, Kugeln und allen möglichen Dingen verstreut über die ganze Treppe – auf einige Sachen war er draufgefallen und hatte sie ganz zerquetscht. Hoffentlich habt Ihr nicht aus Versehen davon welche bekommen. Hier seht Ihr ein Bild von der ganzen Geschichte. Polarbär war ziemlich ungehalten darüber, daß ich das gemalt habe; er sagt, meine Weihnachtsbilder machten sich immer über ihn lustig, und eines Tages will er mal selber eins schicken, von

ihm gemalt, auf dem dann ich der Idiot bin. (Aber das bin ich natürlich nie, und er kann auch gar nicht gut genug zeichnen.) Als er sich wieder aufgerappelt hatte, rannte er aus dem Haus und wollte mir nicht aufräumen helfen, weil ich auf der Treppe saß und lachte – ich hatte nämlich festgestellt: Der Schaden war halb so schlimm.

Ich dachte mir auch, Ihr hättet zur

Abwechslung sicher gern mal ein Bild davon, wie mein großes neues Haus von INNEN aussieht. Dies ist die Haupthalle unter der ganz großen Kuppel, wo wir immer die fertigen Gabenpäckchen aufstapeln, die dann an den Türen auf die Schlitten geladen werden. Polarbär und ich haben das alles fast ganz allein gebaut und haben auch selber all die blauen und lila Fliesen gelegt. Das Dach und die Geländer sind nicht ganz gerade, aber das macht ja nichts. Die Wandbilder mit den Bäumen und Sternen und Sonnen und Monden darauf sind von mir gemalt.

1929

Dies ist wieder ein helles Weihnachtsfest, gottseidank – das Nordlicht war sogar besonders gut. Wir haben (dem Polarbären zu Gefallen) in diesem Jahr auch ein Feuerwerk gemacht, um die Ankunft des Winters zu feiern. Die Schnee-Elfen haben alle Raketen gleichzeitig steigen lassen, was uns beide verblüfft hat. Ich habe versucht, es für Euch zu malen; aber in Wirklichkeit waren es Hunderte von Raketen. Die Elfen könnt Ihr vor dem Schnee-Hintergrund gar nicht sehen. Das Feuerwerk hat ein Loch ins Eis gemacht und den Großen Seehund aufgeweckt, der zufällig genau drunter lag. Später hat der Polarbär 20 000 silberne Wunderkerzen abbrennen lassen – meinen ganzen Vorrat

hat er verbraucht! Jetzt wißt Ihr, warum ich Euch keine mehr habe schicken können. Dann fuhr er auf Urlaub (!!), nach Nord-Norwegen, und war dort mit dem Holzfäller Olaf zusammen, und zurückgekommen ist er dann mit dickverbundener Pfote, gerade als die Zeit anfing, in der wir immer so viel zu tun haben.

Es scheint in den Ländern, die ich besonders betreue, zur Zeit mehr Kinder zu geben denn je. Nur gut, daß die Uhren nicht überall auf der Welt diesselbe Zeit anzeigen, sonst würde ich überhaupt nie mehr fertig, obwohl ich, wenn ich meine stärkste Wunderkraft habe – zur Weihnachtszeit –, rund tausend Strümpfe in der Minute schaffen kann, vorausgesetzt, ich habe alles vorher genau geplant. Ihr könnt Euch gar nicht vorstellen, was für riesige Stöße von Listen ich mir anlege. Aber dieses Jahr bin ich doch ziemlich im Druck. Aus meinen Zeichnungen erseht Ihr wohl ungefähr, was passiert ist. Das erste Bild zeigt Euch mein Schreib- und Packzimmer und den Polarbären, wie er Namen vorliest, während ich sie aufschreibe. Wir hatten schreckliche Stürme hier, viel schlimmere als bei Euch, die brüllten wie Teufel und rissen die Schneewolken in Millionen von Fetzen

auseinander, und mein Haus wurde bis fast unters Dach zugeweht. Und gerade als es am allerschlimmsten war, erklärte der Polarbär, wir hätten schlechte Luft im Zimmer, und noch bevor ich ihn hindern kann, reißt er an der Nordseite das Fenster auf. Schaut Euch an, was dabei herauskam – nichts weiter, als daß der Nordpolarbär unter Papieren und Listen förmlich begraben wurde; aber er hat bloß gelacht.

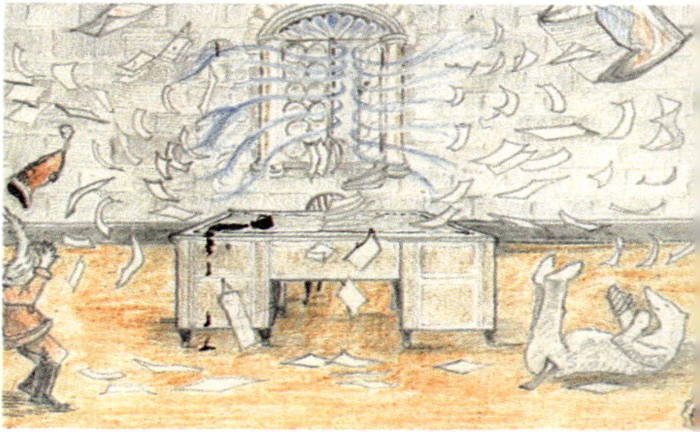

1930

Ich habe mich über all Eure Briefe gefreut; hoffentlich machen Euch Eure Strümpfe dieses Jahr Freude. Ich habe versucht, das aufzutreiben, was Ihr Euch gewünscht habt. Allerdings waren die Lager in ziemlichem Durcheinander – Ihr müßt nämlich wissen: Der Polarbär war lange krank. Zuerst hatte er den Keuchhusten. Da konnte ich ihn beim Sortieren und Packen, das ja schon im November beginnt, nicht mithelfen lassen, denn es wäre doch schrecklich, wenn eines von meinen Kindern den Polarkeuchhusten finge und dann am Zweiten Weihnachtstag wie ein Bär bellen würde. Also mußte ich bei den Vorbereitungen alles selber machen. Natürlich hat Polarbär getan, was er konnte: während ich mit Packen beschäftigt war, hat er saubergemacht und meinen Schlitten repariert und die Rentiere versorgt. Das wirklich Schlimme passierte dann aber so: Zu Anfang dieses Monats hatten wir einen furchtbaren Schneesturm (über anderthalb Meter hoch lag der Schnee), dem ein übler Nebel folgte. Der arme Polarbär ging hinaus zu den Rentierställen, dabei verlief er sich und wurde im Schnee fast begraben. Ich habe ihn eine ganze Zeit lang gar nicht vermißt und darum nicht nachgeschaut, wo er blieb. Er war vom Keuchhusten her auf der Brust noch nicht ganz in Ordnung, deshalb wurde er daraufhin schrecklich krank und hat noch bis vor drei Tagen im Bett gelegen. So ist alles drunter und drüber gegangen, und meine Posttiere konnte auch niemand mehr richtig versorgen.

Ihr seid gewiß froh, daß es dem Polarbären jetzt wieder besser geht. Am Samstag, als er sich wieder einigermaßen wohl fühlte, hatten wir eine Party mit jungen Polarfüchsen (das sind Polarbärs Neffen) und Schneemännlein – das sind die Söhne der Schneemänner, und die sind ja die einzigen Leute, die hier in der Nähe leben. (Sie sind natürlich nicht aus Schnee *gemacht* – obwohl mein Gärtner, der von ihnen allen der älteste ist, manchmal, statt seinen Namen zu schreiben, einen *gemachten* Schneemann hinmalt.) Gegessen hat der Polarbär zum Tee nicht viel, aber als später das große Knallbonbon platzte, hat er seine Decke weggeworfen und einen Luftsprung gemacht, und seitdem ist er kerngesund.

Party of Snowboys & P

ubs to celebrate P. B's recovery.

Auf dem ersten Bild seht Ihr Polarbär, wie er, nachdem der Tisch abgeräumt ist, eine Geschichte erzählt. Von den kleinen Bildchen zeigt das eine mich, wie ich Polarbär im Schnee entdecke, und auf dem anderen sitzt Polarbär und hat die Füße in heißem Senfwasser, damit der

Schüttelfrost aufhört. Aber der hörte nicht auf, und Polarbär mußte so schrecklich niesen, daß er dabei fünf Kerzen ausblies. Trotz allem, jetzt geht es ihm wieder gut – ich weiß das, weil er schon wieder seine Streiche macht: er streitet mit dem Schneemann (meinem Gärtner) und stupst

P.B

covers!

ihn durch das Dach seines Schneehauses, oder er packt Eisstücke statt Gaben in die Päckchen von Kindern, die nicht artig gewesen sind. Das ist vielleicht eine ganz gute Idee, bloß sagt er es mir nie, und manche Päckchen (mit Eis drin) wurden in warmen Lagerräumen verstaut und sind da geschmolzen, und alles ist in die Gaben für die braven Kinder hineingelaufen!

So, meine Lieben. Es gäbe noch eine Menge zu sagen; ich würde Euch gern von meinem Vater erzählen, dem alten Großpapa Jul, und von meinem Grünen Bruder (der betreut die Länder, wo an Weihnachten Sommer ist), und warum wir beide Nikolaus heißen, nach jenem Heiligen (man feiert ihn am 6. Dezember), der immer heimlich Gaben verteilte und

dabei manchmal sogar eine Geldbörse durchs Fenster geworfen hat. Aber ich muß machen, daß ich wegkomme, ich bin schon spät dran und in Sorge, daß Ihr diese Zeilen vielleicht gar nicht mehr pünktlich bekommt.

Father Christmas

Printed in Hongkong 1997
ISBN 3-608-93270-4

Briefe vom Weihnachtsmann

Klett-Cotta
Die Originalausgabe erschien 1976 unter dem Titel: „Father Christmas Letters“

Deutsch von Anja Hegemann

J. R. R. Tolkien

3

Briefe vom Weihnachtsmann

Klett-Cotta

1937

By
Elf
Messenger

Leider habe ich in diesem Jahr keine Zeit gehabt, Euch ein Bild zu malen. Ich habe nämlich im November schwere Kisten im Keller hin und her gerückt und mir dabei die Hand verzerrt; so konnte ich erst viel später als sonst ans Briefeschreiben gehen, und meine Hand wird immer noch sehr schnell müde. Aber Ilbereth, der jetzt mein Sekretär ist, hat für Euch ein Bildtagebuch (wie er es nennt) angefertigt. Ich hoffe, Ihr nehmt damit vorlieb.

Liebe Kinder,

soll ich Euch zu meinen Bildern etwas erzählen? Also: Polarbär und Valkotukka und Paksu sind nach Weihnachten, oder vielmehr nach der Party vom Stephanstag, immer rechte Faulpelze. Weihnachtsmann läutet zum Frühstück, aber vergebens.

Nobody wants breakfast after Christmas. NPB. P. and V are tired
1936. (and full).

Ein andermal, als Polarbär wie gewöhnlich nicht rechtzeitig aufstehen wollte, hat ihm Paksu einen mit Eis-Wasser getränkten Badeschwamm ins Gesicht geworfen. Polarbär jagte ihn daraufhin um das ganze Haus und im Garten herum, war ihm dann aber wieder gut, weil er zwar nicht Paksu erwischt, dafür aber einen Riesenhunger bekommen hatte.

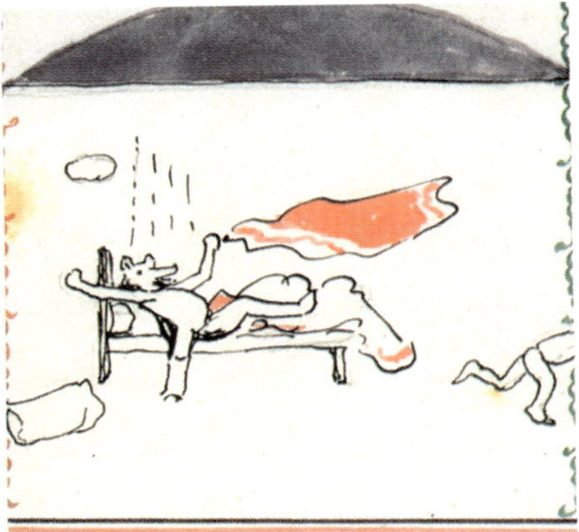

A sponge is useful for waking up N. P. B. but makes him angry.

Gegen Ende des Winters hatten wir schreckliches Wetter und sogar tatsächlich Regen. Wir konnten tagelang nicht vors Haus. Ich habe Polarbär und seine Neffen gezeichnet, wie sie sich dann doch hinauswagten.

Late Spring 1937. Thaw and rain.
Going for a nice walk to find a lost
appetite.

Paksu und Valkotukka sind immer noch da. Es gefällt ihnen so gut hier, daß sie gebeten haben, doch bleiben zu dürfen. Es war in diesem Jahr viel zu warm am Nordpol. Unten am Felsen hat sich ein großer See gebildet, so daß jetzt der Nordpol auf einer Insel steht. Ich habe eine Ansicht davon gezeichnet, aber nach Süden, deshalb ist der Felsen auf der anderen Seite. Das war etwa um die Mittsommerzeit.

Midsummer: Great hole appears in ice. Seals come out. NPB takes to boating.

Der Nordpolarbär wollte sich durchaus mit einem Boot oder Kanu im Rudern versuchen, aber er ist dabei so oft ins Wasser gefallen, daß die Seehunde meinten, er mache das zum Spaß, und immer wieder unter das Boot schwammen und es umkippten. Aber der Spaß dauerte sowieso nicht lang, denn Anfang August fror das Wasser bereits wieder zu.

Da mußten wir auch schon allmählich anfangen, an Weihnachten zu denken. Auf meinem Bild schreibt Weihnachtsmann gerade die verschiedenen Listen aus und teilt mir meine zu – da steht Ihr auch drauf. Nordpolarbär tut natürlich immer so, als ob er alles allein machte, deshalb deutet er auf die Zahlen; aber ich höre in Wirklichkeit nur Weihnachtsmann zu, und meine Ehrenbezeigung gilt ihm, nicht Nordpolarbär.

Beginning to think of next Christ-
mas. Ilbereth getting orders from F.C.

Den Winteranfang und den Beginn der richtigen „Weihnachtsarbeit" haben wir mit einem herrlichen Feuerwerk gefeiert.

Celebrating the Coming of Winter.
Bonfire party and Fireworks.

Im November fiel ganz dicker Schnee, da bekamen die Elfen und die Schneemännlein ein paar halbe Tage zum Rodeln frei. Die Polarfüchse konnten es nicht so recht, sie fielen immer vom Schlitten, und die meisten rollten oder rutschten dann lieber auf dem eigenen Fell hinunter.

Tobogganing down from Cliff House. Snowboys have a good time

Heute ist das Tollste passiert – ich hatte mein Bild schon fertig, sonst hätte ich es anders entworfen. Polarbär durfte im Garten den großen Baum schmücken, ganz allein, nur mit einer Leiter versehen.

Today. Dec. 23rd. NPB busy with the tree – before the disaster –

Auf einmal hörten wir schreckliches Gequietsch und Geknurr. Wir sausten hinaus und sahen: Hoch oben im Baum hing Polarbär selber! „Du bist aber kein Christbaumschmuck", meinte Weihnachtsmann. „Aber ich brenne doch!" schrie Polarbär. Tatsächlich, er brannte. Wir schleuderten einen Eimer voll Wasser nach ihm, wodurch eine Menge Baumschmuck verdorben wurde; aber sein Fell war gerettet. Der alte Dummkopf hatte die Leiter an einen Ast gelehnt (statt gegen den Baumstamm). Dann hat er wohl gedacht: „Ich will doch mal eben die Kerzen anzünden und sehen, ob sie auch ordentlich brennen“ – obwohl ihm das ausdrücklich verboten worden war. Er stieg also mit dem brennenden Kerzenanzünder auf die oberste Sprosse der Leiter. In diesem Augenblick brach der Ast, die Leiter rutschte auf dem Schnee weg, Polarbär fiel in den Baum, blieb an irgendeinem Stück Draht hängen, und sein Pelz fing Feuer. Zum Glück war der ziemlich feucht, sonst hätte er ganz schön gebruzzelt. Ob wohl Polarbärenbraten gut schmeckt?

Das letzte Bild ist bloß erfunden und nicht besonders gut. Aber wenn Polarbär nicht wieder etwas anstellt, wird es sicher noch wahr. Hoffentlich könnt Ihr meine Schrift lesen. Ich gebe mir Mühe, so zu schreiben wie unser lieber Weihnachtsmann (nur ohne das Zittern), aber so schön gelingt es mir nicht.

Tomorrow. Starting with the first load.

2Ib

In Elfenschrift kann ich es besser:

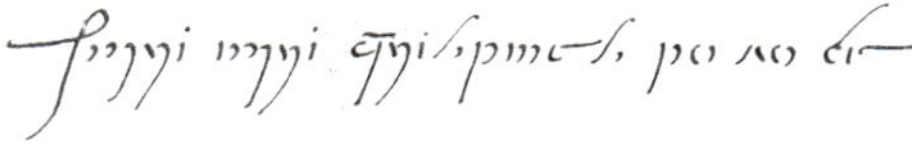

So sieht das dann aus – aber Weihnachtsmann sagt, ich würde auch die Elfenschrift viel zu dünn schreiben, als wären's lauter Spinnenbeine, und Ihr könntet das ja auch gar nicht lesen. Es soll heißen:

EIN WUNDERSCHÖNES WEIHNACHTSFEST EUCH ALLEN.

Herzlichst Ilbereth

A Merry Christmas 1937

F.C.

Printed in Hongkong 1997
ISBN 3-608-93270-4